ANALYSE de l'œuvre

Par Catherine Bourguignon
et Célia Ramain

La Valse lente des tortues

de Katherine Pancol

lePetitLittéraire.fr

Rendez-vous sur lepetitlitteraire.fr et découvrez :

Plus de 1200 analyses
Claires et synthétiques
Téléchargeables en 30 secondes
À imprimer chez soi

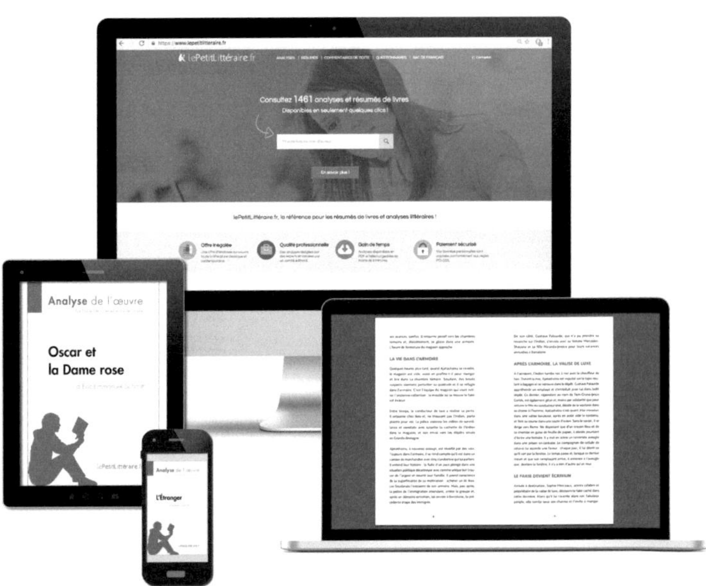

KATHERINE PANCOL

ROMANCIÈRE FRANÇAISE

- **Née en 1949 ou en 1954 à Casablanca (Maroc)**
- **Quelques-unes de ses œuvres :**
  - *Les Yeux jaunes des crocodiles* (2006), roman
  - *La Valse lente des tortues* (2008), roman
  - *Les écureuils de Central Park sont tristes le lundi* (2010), roman

Katherine Pancol arrive en France à l'âge de 5 ans. Après avoir été professeure de lettres, elle devient journaliste, puis rencontre un éditeur qui lui demande d'écrire un roman : ce sera *Moi d'abord* en 1979. L'année suivante, elle se rend à New York pour suivre des cours de *creative working* à l'université de Columbia. Elle y écrit trois romans, avant de revenir en France. Elle a, à ce jour, fait paraitre dix-sept romans et se consacre entièrement à l'écriture.

LA VALSE LENTE DES TORTUES

UNE GRANDE FRESQUE DU QUOTIDIEN

- **Genre :** roman
- **Édition de référence :** *La Valse lente des tortues*, Paris, Albin Michel, 2008, 688 p.
- **1re édition :** 2008
- **Thématiques :** quotidien, amour, écriture, saga familiale

La Valse lente des tortues est le deuxième tome d'une trilogie qui a remporté un immense succès auprès du public : *Les Yeux jaunes des crocodiles* (prix Maison de la Presse 2006), *La Valse lente des tortues* et *Les écureuils de Central Park sont tristes le lundi.*

Dans le tome qui nous occupe, on retrouve les mêmes personnages (Joséphine et ses doutes, Hortense et sa ténacité, Zoé et ses premiers amours, Gary et ses rêves musicaux, etc.), plongés dans leur vie quotidienne, bien que le récit prenne désormais des airs de roman policier pimenté d'un brin de merveilleux.

Dans un langage simple, Katherine Pancol mêle les petites histoires de chaque personnage pour dresser une grande fresque du quotidien.

RÉSUMÉ

Dans *Les Yeux jaunes des crocodiles*, le lecteur avait fait la connaissance de Joséphine, chercheuse spécialiste du Moyen Âge, trompée et quittée par son mari Antoine qui lui avait laissé, outre la responsabilité de leurs deux filles (l'ainée, Hortense, et Zoé, la cadette), d'énormes dettes. Acculée, Joséphine avait accepté quelques exercices de traduction proposés par son beau-frère Philippe, mais avait surtout relevé le défi d'écrire un roman sur le Moyen Âge à la place de sa sœur Iris. Lors de ses recherches en bibliothèque, elle avait rencontré un homme séduisant, Luca, avec qui elle avait entamé une relation. Le livre finalement publié, *Une si humble reine*, avait rencontré un succès immédiat et inédit. Grisée, Iris s'en était attribuée le crédit et avait joué avec perfection son rôle d'écrivain que les médias s'arrachent. Philippe, son mari, peu dupe de la supercherie, s'était éloigné progressivement d'elle et rapproché de plus en plus de Joséphine. Hortense, mise au courant par Zoé du vrai rôle de leur mère dans la genèse du livre, n'avait pas hésité à dévoiler le pot aux roses lors d'un journal télévisé, déclarant ainsi l'amour qu'elle porte à sa mère, avec qui elle entretient pourtant des relations conflictuelles.

DES VIES PAISIBLES

Dans *La Valse lente des tortues*, exauçant le souhait de sa fille Hortense, Joséphine a déménagé : elle a quitté la banlieue pour s'installer au cœur de Paris avec sa deuxième fille, Zoé, à qui elle n'a pas eu le courage d'annoncer le décès de son père, Antoine, survenu six mois plus tôt. Hortense, quant à elle, s'en est vite remise et est partie étudier le stylisme en Angleterre.

Un weekend sur deux, Zoé va rejoindre Philippe et son fils, Alexandre, qui habitent à Londres. Ancien président d'un cabinet d'avocats, Philippe s'est éloigné du monde des affaires et de sa femme pour se consacrer davantage à son fils. Joséphine apprécie beaucoup Philippe, qui le lui rend bien. Mais, comme il s'agit du mari de sa sœur Iris, elle s'interdit tout autre sentiment que l'amitié. Par ailleurs, depuis un an, elle entretient une relation avec un autre homme, Luca.

Suite à la mise au grand jour de la supercherie, Iris est hospitalisée pour dépression et en veut à Joséphine. Toutefois, dans ses rares moments de lucidité, elle se rend bien compte qu'elle est entièrement responsable de son sort : si elle se retrouve seule, c'est parce qu'elle n'a rien fait de sa vie et a toujours choisi la facilité que lui offraient sa beauté et l'argent de son mari.

LES MEURTRES DE Mme BERTHIER ET DE SIBYLLE

Joséphine cherche un sujet pour son deuxième roman et décide de passer son HDR (habilitation à diriger des recherches), raison pour laquelle elle doit d'abord préparer une thèse. Un soir, en rentrant chez elle à pied, elle se fait agresser dans le parc. Heureusement, elle porte sur elle un colis qui la protège des coups. Luca et Shirley, sa meilleure amie qui vit en Angleterre, la somment de prévenir la police. Cette agression annonce un évènement plus grave encore :

un soir, Mme Berthier, la professeure principale de Zoé, est assassinée dans le parc non loin de chez Joséphine. Peu de temps auparavant, lors d'une réunion de parents, elle avait eu un différend avec un voisin de Joséphine, Hervé Lefloc-Pignel.

Zoé, Hortense, Shirley, Gary, Alexandre et Philippe se réunissent pour fêter Noël chez Joséphine. Celle-ci n'a plus vu Philippe depuis le mois de juin, mais elle pense souvent à lui. Au milieu de la soirée, dans la cuisine, ils s'embrassent en cachette. Lorsque Zoé réserve une place à table pour son papa qu'elle a dessiné sur un grand carton, Hortense lui annonce qu'il est mort.

Pendant quelques jours, Joséphine et Philippe se comportent en amoureux, mais Joséphine est consciente qu'elle ne pourra pas vivre cette relation pleinement et librement. Elle lui demande donc de partir. Le même jour, elle profite d'un appel de Luca pour rompre également avec lui.

Henriette, la mère de Joséphine et d'Iris, sort cette dernière de l'hôpital et la ramène chez elle. Désireuse qu'Iris se remette avec Philippe afin de pouvoir profiter de son argent, elle adopte un nouveau principe de vie, « la dépense zéro » (Le Livre de Poche, p. 226), qui consiste à ne rien dépenser. Ainsi, chaque jour, elle vole un aveugle qui mendie. Révoltée que Marcel, son mari, l'ait quittée pour Josiane, elle s'alloue les services d'une envouteuse, Chérubine, pour qu'elle ensorcèle sa rivale. Dès ce moment, Josiane commence à se sentir mal et n'a plus gout à rien. Lorsqu'Henriette ne parvient plus à payer l'envouteuse, Josiane se rétablit.

Iris invite Joséphine au restaurant et s'excuse auprès d'elle. Consciente qu'il y a quelque chose entre Joséphine et Philippe, elle raconte à sa sœur dépitée que Philippe l'aime à nouveau. Mais Joséphine est rassurée lorsque, peu de temps après, elle reçoit par la poste un livre de Philippe : sur la première page figure en effet un mot d'amour. De son côté, Zoé sort avec Gaétan, le fils d'un voisin de l'immeuble. C'est son premier amoureux.

Iris passe le weekend chez Alexandre et Philippe. Elle essaie par tous les moyens de reconquérir son mari, mais rien n'y fait. À son retour de Londres, pour ne pas rester seule, Iris s'installe chez Joséphine et lui raconte que Philippe voit une femme, Dottie Doolittle. Joséphine est abasourdie. Ce jour-là, elle recueille un chien dans le parc : Du Guesclin. C'est lui qui trouvera plus tard dans la cave de l'immeuble le cadavre de Sibylle de Bassonnière, une voisine. La police arrive rapidement sur les lieux et confirme que Sibylle a été assassinée sur place, après une réunion de copropriétaires.

Lorsqu'elle se rend chez Luca pour lui rendre ses clés, Joséphine apprend que les lieux ne sont pas occupés par lui, mais par un certain Vittorio, qui se présente comme le frère jumeau de Luca. Joséphine n'y comprend plus rien.

UNE RENCONTRE FATALE

Lors d'une fête chez la concierge de l'immeuble de Joséphine, Iris rencontre Hervé Lefloc-Pignel. Elle tombe rapidement sous son charme, inconsciente du piège qu'il lui tend. Car Lefloc-Pignel, avec la complicité d'un autre voisin, Hervé Van den Brock, est en fait le meurtrier de Mme Berthier et de Sibylle. Enfants, Lefloc-Pignel et Van den Brock ont été victimes de la même assistante de la DDASS. Ils punissent à présent de mort tous ceux qu'ils jugent responsables de nouvelles humiliations. Mme Berthier, enseignante, avait ainsi, par maladresse, humilié Hervé Lefloc-Pignel en semblant se satisfaire des notes moyennes de Gaétan. Quant à Sybille de Bassionnière, qui fouinait beaucoup, elle s'en était prise aux deux Hervé lors d'une réunion de copropriété en leur rappelant à demi-mot leur origine.

Sous prétexte de rencontrer son éditeur anglais, mais surtout parce qu'elle veut savoir exactement ce qu'il se passe entre Philippe et Dottie, Joséphine part quatre jours à Londres. Sur place, elle s'arrange pour croiser Philippe « par hasard » et s'aperçoit aussitôt qu'il est libre et qu'il l'attend. Ils vivent alors trois jours d'amour parfait, mais, une fois Joséphine de retour à Paris, deux semaines s'écoulent sans qu'ils ne se donnent de nouvelles. Épuisée par la préparation de son HDR, Joséphine décide, sur un coup de tête, d'aller seule à Deauville dans la maison d'Iris et de Philippe.

Pendant ce temps, Iris reste dans l'appartement de sa sœur. Un jour, prétextant une panne de courant, elle sonne chez Lefloc-Pignel et finit par passer la soirée en sa compagnie. Une relation très particulière se noue alors entre eux : Iris est complètement soumise à cet homme qui lui dicte sa façon de se vêtir (une robe blanche), ne lui permet de manger que ce qu'il lui apporte et lui interdit de sortir de l'appartement. Il veut qu'elle se purifie de tous ses vices. Si elle y parvient, Lefloc-Pignel promet de l'épouser. Iris se sent prisonnière de cet amour, mais ça ne lui déplaît pas. Au bout de huit jours, Lefloc-Pignel revient chercher Iris pour l'épouser. Il l'emmène dans un bois, où un homme les attend afin de célébrer leur mariage. Alors qu'ils sont au milieu d'une valse, l'homme tue Iris, sous les yeux d'un fermier qui assiste à la scène.

À Deauville, suite à une tempête, Joséphine trouve la maison sans électricité. Elle reçoit des messages de Luca, qui l'effraient. On frappe ensuite à la porte : c'est Philippe. Tous deux se retrouvent et discutent de leurs sentiments respectifs. De retour à Paris, Joséphine et Philippe apprennent le décès d'Iris, assassinée par Hervé Lefloc-Pignel et Hervé Van den Brock. Toute la famille, ainsi que Shirley et Gary, se réunit pour l'enterrement d'Iris. Lorsque les policiers se présentent à son domicile pour l'arrêter, Lefloc-Pignel se suicide en sautant par la fenêtre.

ÉTUDE DES PERSONNAGES

JOSÉPHINE

Âgée de 43 ans, Joséphine est le personnage principal du roman. Femme brillante, Joséphine est chercheuse au CNRS (Centre National de la Recherche Scientifique) et, depuis la fin du premier tome, est l'auteure reconnue du roman à succès *Une si humble reine*. En couple dès le tome précédent avec Luca, elle développe surtout des sentiments pour son beau-frère Philippe, mais n'ose pas les exprimer. Profondément empathique, Joséphine manque de confiance en elle et a des relations tendues avec sa mère Henriette, qui la méprise, avec sa sœur Iris, qui n'hésite pas à la manipuler, ainsi qu'avec sa fille ainée Hortense, agacée par sa sensibilité. Joséphine passe une année assez inquiétante entre son compagnon Luca qui se révèle être schizophrène et les meurtres qui se succèdent autour d'elle. La mort brutale d'Iris la secoue véritablement, mais le soutien amoureux de Philippe, celui de ses filles, ainsi que la compagnie d'un chien qu'elle adopte, l'aideront à traverser ces épreuves.

HORTENSE

Fille ainée de Joséphine, Hortense est d'une trempe opposée. Arrogante (« Je m'aime. Je trouve que je suis une fille formidable, belle, intelligente, douée. Pas la peine de faire des efforts pour plaire aux autres », Le Livre de Poche, p. 103), Hortense ne laisse aucune place à ses émotions (« les émotions sont une perte de temps », *ibid.*, p. 104), ce qui lui permet de garder son sang-froid lorsqu'elle se fait agresser par les camarades de sa colocataire et rivale, Agathe, aspirante-styliste comme elle. Seul Gary parvient à briser sa carapace. Tous deux sont très complices et nourrissent des sentiments réciproques, mais, par crainte et par fierté, ne se l'avouent pas (« Hortense et Gary se frôlaient, s'évitaient, s'attiraient, se repoussaient », p. 661).

ZOÉ

Zoé est la fille cadette de Joséphine. Elle est âgée de 14 ans et est l'un des personnages du roman qui change le plus ostensiblement. Au début du roman, elle est encore au seuil de l'enfance, tant sur le plan physique (« Zoé ressemblait encore à un bébé : joues rondes et rouges, yeux étirés de chatte gourmande, fossettes et plis aux poignets », Le Livre de Poche, p. 49) que sur celui de son attachement à des figures réconfortantes : ses parents ou son doudou. Au fil du récit, l'adolescente évolue non seulement physiquement, mais surtout mentalement, en trouvant l'amour en la personne de son voisin et camarade de classe Gaétan, et en acceptant finalement la mort de son père (« Elle avait franchi l'abîme qui sépare la petite fille de la femme. Elle réclamait la vérité pour se construire », *ibid.*, p. 483) ainsi que le désir et les sentiments que sa mère éprouve pour Philippe.

IRIS

Iris est la sœur ainée de Joséphine. Depuis que sa nièce Hortense a révélé publiquement la vérité sur l'ouvrage *Une si humble reine*, elle est soignée pour dépression. D'une grande beauté, elle est néanmoins futile, manipulatrice et égoïste. Elle remporte sans conteste les trois titres de mauvaise mère, de mauvaise sœur et de mauvaise épouse. Contrairement à sa jeune sœur, elle n'a pas pour habitude de se battre. En effet, comme le remarque sa mère, Henriette : « Chaque fois qu'Iris est confrontée à une réalité déplaisante, elle tente de la contourner. Jamais elle ne l'affronte. Toujours à se rêver ailleurs. » (Le Livre de Poche, p. 220) C'est précisément ce trait de caractère que choisit de rappeler Hortense lorsqu'elle apprend le décès de sa tante : « Remarque, pour Iris, c'est génial de mourir comme ça. En valsant au bras de son prince charmant. Elle est morte dans un rêve. Iris aura toujours vécu dans un rêve, jamais dans la réalité. Je trouve que ça lui va bien comme mort. » (*ibid.*, p. 712)

PHILIPPE

Philippe est, dans le premier tome de la trilogie et au début du second, le mari d'Iris et le beau-frère de Joséphine. Lorsqu'il était à la tête d'un cabinet d'avocats parisien, Philippe travaillait beaucoup. Mais, peu à peu, il a pris conscience de beaucoup de choses et veut dorénavant vivre vraiment et plus simplement, à l'écart du « paraitre ». Il a déménagé à Londres et partage désormais tout son temps entre son fils, Alexandre, et l'art. Il est amoureux de Joséphine, mais ne brusque pas les choses.

ALEXANDRE

Fils d'Iris et de Philippe, Alexandre est un jeune homme du même âge que Zoé, avec qui il est très complice : « Alexandre ne réclamait pas sa cousine, mais il pouvait dire à son regard triste du vendredi soir qu'elle lui manquait. » (Le Livre de Poche, p. 269) Il est proche de son père, mais pas de sa mère qui reste pour lui une étrangère, voire, qui l'effraye (« Plus jamais, tu me laisses seul avec maman, papa. Elle me fait peur », *ibid.*, p. 109), non seulement parce que les médicaments qu'elle prend suite à sa dépression la rendent apathique, mais, plus généralement, parce qu'Iris a toujours préféré sa vie mondaine à son fils. Alexandre est également un adolescent cultivé et mature pour son âge : « Il a dit tout ça sur un ton de petit prof, calme, détaché [...]. Il a même employé un drôle de mot, il m'a dit que cette fille était sans doute "transitoire". » (*ibid.*, p. 414)

HENRIETTE

Henriette est la mère de Joséphine, avec laquelle elle n'entretient plus de contact depuis trois ans, et d'Iris. Elle ne digère pas le départ de Marcel. Non qu'elle lui fût attachée, mais parce qu'il lui assurait un certain train de vie. Foncièrement méchante et vénale, elle n'hésite pas à voler dans les magasins et même à dépouiller régulièrement un aveugle : « Détrousser chaque jour ce pauvre homme sans se faire prendre, récolter quelques piécettes chaudes dans le creux de sa main donnait du frisson à sa vie. » (Le Livre de Poche, p. 340) Mais son coup d'éclat reste d'avoir demandé à la voyante Chérubine de lancer les mauvais esprits contre sa rivale Josiane, plongeant cette dernière dans une soudaine léthargie dépressive.

MARCEL

Marcel est le père de Joséphine et d'Iris. Homme prospère, généreux et intelligent, il est depuis la fin du premier tome en couple avec Josiane, son ancienne secrétaire. Avec elle, il est enfin épanoui. Avec Junior, leur fils, il retrouve les joies de la paternité. Soucieux des autres, il est très attaché à ses filles, et en particulier à Joséphine. La soudaine dépression de Josiane l'inquiète énormément.

JUNIOR

Fils de Josiane et de Marcel, c'est un bambin surprenant.

Il est en effet capable de parler anglais, espagnol et chinois, de mener un semblant de conversation téléphonique (« Joéfine ! soa pa tiste ! elle e mon-é o chiel… », Le Livre de Poche, p. 716), de comprendre des expressions complexes (telle que « l'eunuque décapité raconte des histoires sans queue ni tête », *ibid.*, p. 192) et est avide de connaissances. Josiane s'en plaint d'ailleurs auprès de Joséphine : « J'ai le temps de rien en ce moment ! Je cavale avec le petit dans tous les sens. Il me fait tourner en bourrique. On arpente les musées ! Il a 18 mois ! […] Il faut tout que je lui lise, tout que je lui explique ! Demain on attaque le cubisme ! » (*ibid.*, p. 716)

Cette improbable avance s'explique en réalité par son statut d'ange envoyé sur Terre pour aider l'attendrissant couple formé par Josiane et Marcel, mission qu'il va dument remplir en faisant comprendre à Marcel qu'Henriette est à l'origine du mal de Josiane.

SHIRLEY

Shirley est une amie de Joséphine qui vit à Londres. Les deux amies se téléphonent régulièrement. Elle encourage et soutient Joséphine, même dans sa relation avec Philippe. C'est une femme forte. Fille illégitime de la reine d'Angleterre, on sent qu'elle a dû se battre dans la vie. Elle aime son fils Gary plus que tout.

GARY

Charmant garçon de 19 ans, Gary est le fils de Shirley (et donc le petit-fils illégitime de la Reine). Il est très proche de sa mère. C'est néanmoins un jeune homme furieusement indépendant, fantasque (il se plait à imiter les écureuils de Hyde Park), sensible et cultivé. Comme Hortense, il vit à Londres. Ces deux-là entretiennent d'ailleurs une relation tendue, où la complicité naturelle se heurte à leurs fiertés respectives.

LUCA ET VITTORIO

Compagnon de Joséphine depuis la fin du premier tome, Luca entretient avec elle une relation pour le moins particulière : ils ne vivent pas ensemble et continuent de se vouvoyer. Comme elle, c'est un spécialiste du Moyen Âge. Il écrit d'ailleurs pour un éditeur universitaire un livre sur l'histoire des larmes au départ de cette période. Luca est un homme complexe, peu disert, jamais pressé de prendre des nouvelles et surtout, peu compatissant envers Joséphine lorsqu'elle lui raconte son agression : « Non seulement il ne la prenait pas dans ses bras pour la rassurer, non seulement il ne lui disait pas je suis là, je vais vous protéger, mais il la culpabilisait et pensait à la prochaine victime. » (Le Livre de Poche, p. 77) À ce personnage s'ajoute un frère jumeau, Vittorio, mannequin de son état, qui se moque allègrement de Joséphine, comme se plait à le lui rapporter Luca. Après l'échange d'un baiser avec Philippe, Joséphine se détache définitivement de Luca, qui ne la respecte pas. Plus tard, elle apprend que Luca et Vittorio sont les deux facettes d'une même personnalité schizophrène et dangereuse.

GAÉTAN

Décrit, par sa nouvelle amoureuse Zoé, comme « Plus grand [qu'elle], blond, des yeux pas grands et très sérieux » (Le Livre de Poche, p. 364), Gaétan est un jeune homme sensible. C'est le fils d'Hervé Lefloc-Pignel, qu'il déteste, mais qui le terrifie, si bien qu'à l'instar de sa mère, de sa sœur et de son frère, il n'ose pas trop se rebeller. Il ne commettra qu'un seul acte de rébellion lorsque, par provocation, et devant Joséphine, Zoé, Hortense et Philippe, il sort en courant de son appartement, la tortue de son père dans les mains, et clame son envie de liberté : « On s'ennuie tous à la maison ! On n'a le droit de rien faire ! J'en ai marre des couleurs obli-gées, je veux de l'écossais ! » (*ibid.*, p. 203)

HERVÉ LEFLOC-PIGNEL

C'est un voisin d'immeuble de Joséphine. Très grand, austère et anguleux, il a les cheveux noirs et raides ainsi que de larges sourcils. C'est un homme ombrageux, extrêmement susceptible et très strict avec ses enfants. Pendant les vacances, il enferme sa fille de 13 ans dans sa chambre tout une semaine avec du pain sec et de l'eau parce qu'elle a embrassé un garçon. Ses enfants doivent se vêtir chaque jour d'une couleur spécifique (lundi, vert ; mardi, blanc ; etc.). Sa femme peut à peine quitter l'appartement. Dans leur salon trône le *Manuel catholique d'économie domestique* (p. 630).

On apprend qu'en réalité Hervé Lefloc-Pignel est un enfant de la DDASS. Grâce à son diplôme et à son mariage, il s'est élevé socialement, mais a gardé de son enfance une profonde blessure qui se rouvre à chaque nouvelle humiliation qu'il subit. C'est lui qui tue, entre autres victimes, Iris, qui l'aura froissé par son arrogance, avec l'aide de son complice Hervé Van den Brock.

HERVÉ VAN DEN BROCK

Hervé Van den Brock est également l'un des voisins de Joséphine. On ne sait pas grand-chose le concernant, hormis qu'il aide Lefloc-Pignel à tuer Iris. Les deux hommes se connaissent depuis leur enfance durant laquelle ils ont subi les mêmes humiliations et nourri le même ressentiment.

CLÉS DE LECTURE

UN RÉCIT CHORAL

Katherine Pancol reprend un dispositif formel déjà exploité dans *Les Yeux jaunes des crocodiles* : la choralité. Un récit est dit choral lorsqu'il fait se succéder plusieurs narrateurs, soit pour multiplier les perspectives sur un même évènement, soit pour raconter plusieurs évènements qui, ajoutés les uns aux autres, composent l'intrigue. C'est cette deuxième option que choisit Pancol.

Son vivier de personnages lui permet également d'explorer une multitude de profils psychologiques qui se révèlent dans des registres de discours différents. Ainsi, le côté intimidant, rigide et tourné vers le passé d'Hervé Lefloc-Pignel, se retrouve dans sa manière de parler : « Ainsi je pénètre dans votre sanctuaire ! C'est un grand honneur... » (Le Livre de Poche, p. 149) À contrario, la personnalité généreuse et franche de Josiane, se manifeste à travers un style plus oral et familier : « Faut faire gaffe avec elle ! Ne soyez pas trop bonne, et bonne ça ne s'écrit pas avec un "c" ! » (*ibid.*, p. 199)

Il est intéressant de noter que le récit choral, où chaque narrateur présente un récit propre, n'est pas sans rappeler la forme de l'épisode de feuilleton télévisé On pourrait d'ailleurs très bien lire l'œuvre de façon séquencée, épisode par épisode, narrateur par narrateur.

De cette façon, Katherine Pancol ménage des effets de suspense et entretient l'attente : la fin de chaque récit narré par l'un de ses personnages est à chaque fois suspendue par le narrateur qui lui succède.

UN CONTE DE FÉES MODERNE ?

L'un des éléments qui, sans conteste, explique le succès de Pancol est la sorte de retour qu'elle opère, bien qu'elle s'adresse à un lectorat adulte, au genre du conte de fées, du moins dans le traitement de ses personnages et de leurs aspirations (puisque, contrairement au conte qui est toujours situé dans un temps jadis, Pancol ancre son récit dans l'époque contemporaine).

Dans *La Valse des tortures*, on retrouve plusieurs indices qui laissent deviner une certaine survivance de ce genre et rappellent plaisamment au lecteur adulte ses premiers désirs de prince charmant, de grand amour et de merveilleux.

Il y a tout d'abord des personnages qui appartiennent réellement à la royauté britannique. Shirley, meilleure amie de Joséphine est ainsi la fille illégitime de la reine d'Angleterre. Gary, son fils, est donc prince. Ce statut de prince est d'ailleurs revendiqué par Pancol, qui fait dire à Hortense : « Il est beau comme un prince des *Mille et Une Nuits*, intelligent, drôle, riche, cultivé. » (Le Livre de Poche, p. 458)

Les personnages de Pancol correspondent ainsi à des « types », un peu manichéens, facilement identifiables par le lecteur en termes de « gentils » ou de « méchants » :

- Joséphine, ce personnage bienveillant, est devenue aux yeux de sa concierge, Iphigénie, une « bonne fée » (« À

la santé de ma bonne fée ! », Le Livre de Poche, p. 438).
En outre, étant la cadette et la malaimée de la famille,
Joséphine ne peut manquer de faire penser au personnage
de Cendrillon, avec qui elle partage les qualités morales
de la princesse traditionnelle, à savoir la gentillesse, la
discrétion et la persévérance (« T'es gentille. Tu as toujours été gentille. C'était ta carte à toi, la gentillesse. Et le
sérieux aussi. », *ibid.*, p. 444) ;
- Henriette, décrite comme étant vieille, acariâtre, men-
teuse, avare et n'aimant pas sa fille cadette, renvoie dès
lors au personnage de la marâtre ou de la vilaine sorcière
des contes ;
- Iris, quant à elle, est semblable au personnage de la reine
dans *Blanche-Neige* (1812), obnubilée par son apparence
et ne vivant, d'une façon générale, que dans le paraitre
(« Je n'ai eu qu'un seul talent, avait déclaré Iris en se
contemplant dans un petit miroir de poche qui se trou-
vait en permanence sur sa table de chevet, j'ai été jolie.
Très jolie. Et même ça, c'est en train de m'échapper ! Tu as
vu cette ride, là ? Elle n'existait pas hier soir. Et demain, il
y en aura une autre et une autre et une autre... », Le Livre
de Poche, p. 28)

Parlant des contes dans son œuvre *Psychanalyse des contes
de fées* (1976), Bruno Bettelheim (psychanalyste américain
d'origine autrichienne, 1903-1990) affirme que « ces histoires disent que, malgré les conséquences désastreuses
que peuvent entraîner des souhaits négatifs, tout peut
rentrer dans l'ordre avec des efforts et de la bonne volonté »
(BETTELHEIM B., *Psychanalyse des contes de fées*, Paris, Robert
Laffont, coll. « Pluriel », 1999, p. 129). Et c'est précisément ce

à quoi parviennent les « gentils », en l'occurrence Joséphine et Hortense qui, après bon nombre de péripéties (toutes deux sont victimes d'agressions, ont affaire à des rivales amoureuses, se retrouvent isolées), sont récompensées par un *happy-end* : l'obtention du prince (que ce soit Gary pour Hortense ou Philippe pour Joséphine). Cette fin heureuse n'est cependant pas à la portée de tous. Le personnage en demi-teinte d'Iris (qui se sert de sa petite sœur moyennant un chantage affectif) le désire ardemment (« Je voudrais quelque chose d'immense. Un immense amour, un homme comme dans ton Moyen Âge, un preux chevalier qui m'emmènerait, qui me protègerait... », Le Livre de Poche, p. 444), mais n'y accède pas. Pire, elle est tuée et écartée brutalement du récit.

Dans l'œuvre de Pancol, bien qu'il n'y ait pas de fée (si ce n'est le surnom affectueux donné à Joséphine par sa gardienne et amie), il y a cependant l'intervention d'un ange. En effet, le personnage de Junior, ce bambin bien trop en avance sur son âge, fait apparaitre le merveilleux et inscrit l'œuvre dans le sillage de ce genre littéraire.

Cet imaginaire particulier fait de chevaliers, de princes et d'anges ancre le récit dans une inspiration historique clairement revendiquée par Pancol : le Moyen Âge.

L'INFLUENCE DU MOYEN ÂGE

Le Moyen Âge occupait déjà une place prédominante dans le premier tome, *Les Yeux jaunes des crocodiles*. Joséphine, chercheuse au CNRS, écrivait alors, sous le nom de sa sœur Iris et pour le compte de cette dernière, *Une si humble reine*, un récit centré sur Florine, femme du XIIe siècle qui refusait d'être un objet à marier.

Dans ce deuxième tome, si le Moyen Âge n'est pas aussi présent, il fait néanmoins des apparitions récurrentes.

Ainsi, après son agression, Joséphine s'était « souvenue des règles de prudence édictées par Hildegarde de Bingen afin d'écarter le danger : porter en sachet sous le cou les reliques d'un saint protecteur ou des fragments de cheveux, d'ongles, de peau du chef de famille mort. Elle avait placé la mèche de cheveux d'Antoine dans un médaillon et le portait autour du cou » (p. 120-121).

C'est également vers le Moyen Âge que se tourne spontanément Joséphine pour trouver un nom au chien qu'elle se décide à adopter : Du Guesclin, « le dogue noir de Brocéliande. C'était le surnom de Du Guesclin. [...] À quinze ans, il triomphait dans les tournois et combattait masqué, pour cacher sa laideur... » (Le Livre de Poche, p. 380).

Cette importance du Moyen Âge se retrouve par ailleurs dans le hors-texte du livre, et plus précisément, dans la longue bibliographie d'œuvres et d'articles universitaires consacrés à cette période, que Pancol renseigne à la fin de son ouvrage.

LES RELATIONS AU CENTRE DE L'ŒUVRE

L'amour dans tous ses états

Katherine Pancol accorde une large place aux relations amoureuses et au couple, qu'elle décline en une multitude de formes :

- **le premier amour**. Représenté par Zoé et Gaétan, c'est l'amour idyllique, celui qui fait dire à Zoé, s'adressant à sa mère : « Quand je parle de lui, ça chante dans ma tête. » (Le Livre de Poche, p. 616) ;
- **l'amour adolescent**. Représenté par Hortense et Gary, il s'agit d'un amour presque vache, où les continuelles taquineries masquent mal l'attachement de ces deux fiers personnages, qui se réfugient derrière des prétextes comme l'indépendance (« C'est juste que j'ai plein de choses à décider dans ma tête et il faut que je sois seul », Le Livre de Poche, p. 300) ;
- **l'amour adulte**. Représenté par Joséphine et Philippe, c'est celui qui s'accompagne du désir (« Ils avaient titubé jusqu'au lit et seulement alors, comme s'ils avaient enfin atteint le but de leur voyage, s'étaient regardés avec un sourire tremblant de vainqueurs étonnés », Le Livre de Poche, p. 547) ;
- **l'amour parental**. C'est celui que nourrit Joséphine pour ses deux filles, celui de Shirley pour Gary, et celui de Philippe pour Alexandre (« Je suis si heureux avec lui. Je ne savais pas qu'il pouvait me rendre si heureux », Le Livre de Poche, p. 401) ;
- **les aventures**, vécues par Philippe comme une sorte d'échappatoire (« En ce moment, je passe mon temps à

me réveiller dans des chambres que je ne connais pas avec des corps inconnus », Le Livre de Poche, p. 108).

Au-delà de ces différentes conceptions de l'amour, Pancol s'engage également sur un terrain plus sombre, en dépeignant des relations abusives.

L'exemple le plus évident étant M. Lefloc-Pignel qui tire profit de la faiblesse psychologique de ses victimes qui n'ont plus d'autre choix que de se soumettre : « je ne protesterai pas, je murmurerai tout bas "vous êtes mon maître." » (Le Livre de Poche, p. 641)

Cela étant dit, ces relations abusives ne sont pas forcément l'apanage du couple, puisqu'on les retrouve également dans la dynamique familiale de Joséphine.

Les rapports mère-fille

À travers sa saga, mais plus particulièrement dans *La Valse lente des tortues*, Pancol aborde en effet le thème des rapports mère-fille de manière récurrente :

- la relation de Joséphine avec sa mère, tout d'abord. Henriette lui a toujours préféré Iris. Joséphine se souvient que lors d'un accident en mer où Iris et elles se noyaient, Henriette a sauvé Iris et laissé délibérément Joséphine se débattre toute seule. Longtemps soumise à sa mère, Joséphine a appris au fil du temps à s'affirmer face à elle. Au début de *La Valse lente des tortues*, elles n'entretiennent plus de contact jusqu'à ce qu'Iris décide, sans consulter Joséphine, de l'inviter. Joséphine, s'étant souvenue de ce traumatisme, entre en confrontation avec elle et tire un trait définitif sur cette mère qui la dévalorise et se montre condescendante à son égard : « Oui. Pas épanouie. Avec un petit mari, un petit appartement dans une banlieue moyenne, un petit boulot, une vie médiocre... » (Le Livre de Poche, p. 515) ;

- la relation qu'entretient Joséphine avec chacune de ses deux filles est très différente. Avec Zoé, qui a hérité de beaucoup de ses traits de caractère, elle ose être tendre, affectueuse, et elles se parlent beaucoup. Avec Hortense, qui est beaucoup plus impétueuse que Joséphine et ne se laisse jamais aller à la tendresse, Joséphine est sur ses gardes, n'ose pas lui montrer son amour. Elle est étonnée lorsque sa fille daigne la complimenter. Cependant, si cette dernière critique l'émotivité de sa mère, elle ne la trouve pas moins très forte et le lui dit d'ailleurs lors du décès d'Iris (« T'en fais pas. Je sais que c'est dur... mais tu vas t'en sortir. Tu t'en sors toujours. T'es costaud, m'man. Tu le sais pas, mais t'es costaud ! », p. 713).

LES RAISONS D'UN SUCCÈS

L'œuvre de Pancol, et plus généralement l'ensemble de sa saga, a été un grand succès populaire pourtant moqué et méprisé par la critique, qui lui reprochait entre autres son côté décousu et fleur bleue.

Le lectorat de Pancol, majoritairement féminin, trouve dans son œuvre une échappatoire, quelque chose qui peut, certes, sembler un peu régressif, parce qu'il renvoie aux contes de fées lus jadis, mais qui n'enlève rien à la grande virtuosité avec laquelle Pancol parvient à dépeindre des personnages proches de ceux de notre vie de tous les jours, à partir de leurs aspirations et de leurs blessures.

L'écriture d'un quotidien rehaussé par du merveilleux, la force et le courage que recèlent des personnages en apparence fragiles, font de cette fresque une saga prenante et attachante.

PISTES DE RÉFLEXION

QUELQUES QUESTIONS POUR APPROFONDIR SA RÉFLEXION…

- Les relations humaines sont au centre de l'œuvre. Quelle conception s'en fait Pancol, d'après vous ?
- Connaissez-vous d'autres récits choraux ?
- Joséphine est ce qu'on appelle un antihéros. Expliquez ce que cela signifie. Connaissez-vous d'autres antihéros ?
- Observez la phrase de Romain Gary (écrivain français, 1914-1980) citée sur la première page du livre *La Valse lente des tortues* : « C'est horrible de vivre une époque où au mot sentiment, on vous répond sentimentalisme. Il faudra bien pourtant qu'un jour vienne où l'affectivité sera reconnue comme le plus grand des sentiments et rejettera l'intellect dominateur. » En quoi cette citation illustre-t-elle le propos du roman de Pancol ?
- Pensez-vous que ce récit soit propice à une adaptation cinématographique ? Argumentez.
- Expliquez le titre du roman.
- Comment expliquer l'irruption du merveilleux dans cette fresque du quotidien ?
- Sans avoir lu le troisième tome, comment envisagez-vous la suite de l'histoire ?
- Comment expliquer le succès rencontré par la saga de Pancol ? Qu'est-ce que cela nous apprend sur les attentes des lecteurs d'aujourd'hui ?
- Les personnages centraux de Pancol sont féminins. À travers leurs aspirations, leurs mésaventures et les obstacles qu'elles affrontent, leur évolution, etc., pensez-vous que

Pancol nous apprenne quelque chose de la condition de la femme dans la société contemporaine ?

Votre avis nous intéresse !
Laissez un commentaire sur le site de votre librairie en ligne
et partagez vos coups de cœur sur les réseaux sociaux !

POUR ALLER PLUS LOIN

ÉDITIONS DE RÉFÉRENCE

- PANCOL K., *La Valse lente des tortues*, Paris, Albin Michel, 2008.
- PANCOL K., *La Valse lente des tortues*, Paris, Le Livre de Poche, 2009.

ÉTUDES DE RÉFÉRENCE

- Le site internet officiel de Katherine Pancol, http://www.katherine-pancol.com
- BETTELHEIM B., *Psychanalyse des contes de fées*, Paris, Robert Laffont, coll. « Pluriel », 1999.

SUR LEPETITLITTÉRAIRE.FR

- Fiche de lecture sur *Les écureuils de Central Park sont tristes le lundi* de Katherine Pancol.
- Fiche de lecture sur *Les Yeux jaunes des crocodiles* de Katherine Pancol.

Retrouvez notre offre complète sur lePetitLittéraire.fr

- des fiches de lectures
- des commentaires littéraires
- des questionnaires de lecture
- des résumés

ANOUILH
- Antigone

AUSTEN
- Orgueil et Préjugés

BALZAC
- Eugénie Grandet
- Le Père Goriot
- Illusions perdues

BARJAVEL
- La Nuit des temps

BEAUMARCHAIS
- Le Mariage de Figaro

BECKETT
- En attendant Godot

BRETON
- Nadja

CAMUS
- La Peste
- Les Justes
- L'Étranger

CARRÈRE
- Limonov

CÉLINE
- Voyage au bout de la nuit

CERVANTÈS
- Don Quichotte de la Manche

CHATEAUBRIAND
- Mémoires d'outre-tombe

CHODERLOS DE LACLOS
- Les Liaisons dangereuses

CHRÉTIEN DE TROYES
- Yvain ou le Chevalier au lion

CHRISTIE
- Dix Petits Nègres

CLAUDEL
- La Petite Fille de Monsieur Linh
- Le Rapport de Brodeck

COELHO
- L'Alchimiste

CONAN DOYLE
- Le Chien des Baskerville

DAI SIJIE
- Balzac et la Petite Tailleuse chinoise

DE GAULLE
- Mémoires de guerre III. Le Salut. 1944-1946

DE VIGAN
- No et moi

DICKER
- La Vérité sur l'affaire Harry Quebert

DIDEROT
- Supplément au Voyage de Bougainville

DUMAS
• Les Trois
  Mousquetaires

ÉNARD
• Parlez-leur
  de batailles,
  de rois et
  d'éléphants

FERRARI
• Le Sermon sur la
  chute de Rome

FLAUBERT
• Madame Bovary

FRANK
• Journal
  d'Anne Frank

FRED VARGAS
• Pars vite et
  reviens tard

GARY
• La Vie devant soi

GAUDÉ
• La Mort du
  roi Tsongor
• Le Soleil des
  Scorta

GAUTIER
• La Morte
  amoureuse
• Le Capitaine
  Fracasse

GAVALDA
• 35 kilos d'espoir

GIDE
• Les
  Faux-Monnayeurs

GIONO
• Le Grand
  Troupeau
• Le Hussard
  sur le toit

GIRAUDOUX
• La guerre de
  Troie
  n'aura pas lieu

GOLDING
• Sa Majesté des
  Mouches

GRIMBERT
• Un secret

HEMINGWAY
• Le Vieil Homme
  et la Mer

HESSEL
• Indignez-vous !

HOMÈRE
• L'Odyssée

HUGO
• Le Dernier Jour
  d'un condamné
• Les Misérables
• Notre-Dame
  de Paris

HUXLEY
• Le Meilleur
  des mondes

IONESCO
• Rhinocéros
• La Cantatrice
  chauve

JARY
• Ubu roi

JENNI
• L'Art français
  de la guerre

JOFFO
• Un sac de billes

KAFKA
• La Métamorphose

KEROUAC
• Sur la route

KESSEL
• Le Lion

LARSSON
• Millenium 1. Les
  hommes qui
  n'aimaient pas
  les femmes

LE CLÉZIO
• Mondo

LEVI
• Si c'est un
  homme

LEVY
• Et si c'était vrai…

MAALOUF
• Léon l'Africain

MALRAUX
- La Condition humaine

MARIVAUX
- La Double Inconstance
- Le Jeu de l'amour et du hasard

MARTINEZ
- Du domaine des murmures

MAUPASSANT
- Boule de suif
- Le Horla
- Une vie

MAURIAC
- Le Nœud de vipères

MAURIAC
- Le Sagouin

MÉRIMÉE
- Tamango
- Colomba

MERLE
- La mort est mon métier

MOLIÈRE
- Le Misanthrope
- L'Avare
- Le Bourgeois gentilhomme

MONTAIGNE
- Essais

MORPURGO
- Le Roi Arthur

MUSSET
- Lorenzaccio

MUSSO
- Que serais-je sans toi ?

NOTHOMB
- Stupeur et Tremblements

ORWELL
- La Ferme des animaux
- 1984

PAGNOL
- La Gloire de mon père

PANCOL
- Les Yeux jaunes des crocodiles

PASCAL
- Pensées

PENNAC
- Au bonheur des ogres

POE
- La Chute de la maison Usher

PROUST
- Du côté de chez Swann

QUENEAU
- Zazie dans le métro

QUIGNARD
- Tous les matins du monde

RABELAIS
- Gargantua

RACINE
- Andromaque
- Britannicus
- Phèdre

ROUSSEAU
- Confessions

ROSTAND
- Cyrano de Bergerac

ROWLING
- Harry Potter à l'école des sorciers

SAINT-EXUPÉRY
- Le Petit Prince
- Vol de nuit

SARTRE
- Huis clos
- La Nausée
- Les Mouches

SCHLINK
- Le Liseur

SCHMITT
- La Part de l'autre
- Oscar et la Dame rose

SEPULVEDA
- Le Vieux qui lisait des romans d'amour

SHAKESPEARE
- Roméo et Juliette

SIMENON
- Le Chien jaune

STEEMAN
- L'Assassin habite au 21

STEINBECK
- Des souris et des hommes

STENDHAL
- Le Rouge et le Noir

STEVENSON
- L'Île au trésor

SÜSKIND
- Le Parfum

TOLSTOÏ
- Anna Karénine

TOURNIER
- Vendredi ou la Vie sauvage

TOUSSAINT
- Fuir

UHLMAN
- L'Ami retrouvé

VERNE
- Le Tour du monde en 80 jours
- Vingt mille lieues sous les mers
- Voyage au centre de la terre

VIAN
- L'Écume des jours

VOLTAIRE
- Candide

WELLS
- La Guerre des mondes

YOURCENAR
- Mémoires d'Hadrien

ZOLA
- Au bonheur des dames
- L'Assommoir
- Germinal

ZWEIG
- Le Joueur d'échecs

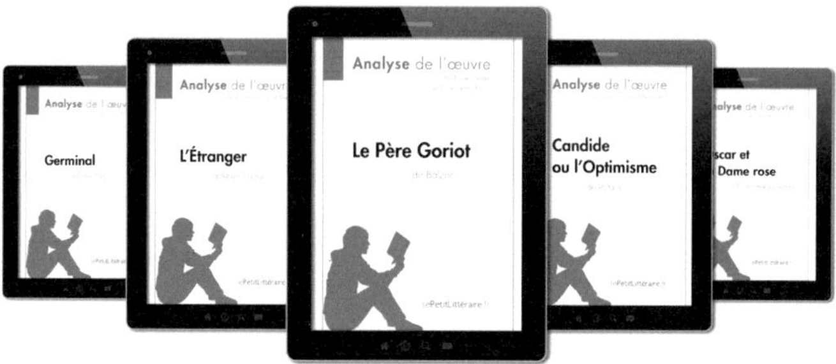

L'éditeur veille à la fiabilité des informations publiées, lesquelles ne pourraient toutefois engager sa responsabilité.

www.lepetitlitteraire.fr

ISBN version numérique : 978-2-8062-1976-3
ISBN version papier : 978-2-8062-1121-7
Dépôt légal : D/2017/12603/414

Avec la collaboration de Célia Ramain pour le résumé du tome précédent, l'étude des personnages de Joséphine, Hortense, Zoé, Henriette, Iris, Philippe, Alexandre, Marcel, Junior, Gary, Luca et Vittorio, Gaétan, ainsi que pour les chapitres « Un récit choral », « Un conte de fées moderne ? », « L'influence du Moyen Âge », « Les relations au centre de l'œuvre », « Les raisons d'un succès », et les pistes de réflexion.

Conception numérique : Primento,
le partenaire numérique des éditeurs.

Ce titre a été réalisé avec le soutien de la Fédération Wallonie-Bruxelles, Service général des Lettres et du Livre.